ARREST

CONTRE

LES PARESSEVX,

FENEANS ET GENS QVI
mangent & dissippent leurs biens
sans voulloir rien faire.

*Ensemble les tres cruelles & estranges
punitions à quoy ils sont condamnez.*

A PARIS,
Iouxte la coppie imprimée à
Bourdeaux.

M. DC. XIX.

ARREST ET PVNITION

contre les Feneans, & gens qui mangent & diſſippent leurs biens ſans
vouloir rien faire.

N dit communement, qui
ne fait rien, ne fait bien.
Item qui veut manger le
noieau, caſſe la noix: c'eſt
dire qui veut le profit ne
fuit le trauail, pour ceſte cauſe, &
pour chaſſer le vice, ou le garrotter, on
fait maintes belles ordonnances, qui mõ-
ſtrent en combien de ſortes, & a bon
droit, l'oiſideté a toufiours eſté deteſtée,
au contraire l'induſtrie & l'amour du trauail en ſinguliere recommandatiõ. Ceux
qui cropiſſent au mõde les bras croiſés, la
gueulle behaie, & les deux pieds en vn ſo-
lire, meinent vne vie brutalle & non pas
humaine, car ils ne font que reſpirer non
plus que les beſtes, ce dit Crinitus. Oc-
caſion aux Legiſlateurs de publier des
Edicts conuenables, y adiouſtãt des cha-

ftimens contre les pareffeux declarés in=
fammes. Solon en fes loix accufe griefue=
ment le vice, qui s'adonnera dit-il, a rien
faire, foit tenu de refpondre en Iuftice à
ceux qui voudroient les accufer. Dracon
Legiflateur Attenien condãnoit à mort
les feneants. *Quintus Curtius*, dit qu'Ale-
xandre le Grand ne redoutoit rien tant
que de demeurer oyfif. L'on recitte de
Cippion l'Affricain qu'il n'eftoit iamais
moins oyfif que quand il eftoit oifif. Sa
follitude luy feruoit de Theaftre, de Liffe
de champ de bataille, il n'y à rien plus
mal feant à l'homme, plus indigne du
Chreftien, que d'ofer dire ie n'ay que faire
Es Loix ciuilles. l'Empereur Iuftinian
dit, que l'efprit parreffeux ne couue rien
de bon, peut eftre il emprunte cefte fen-
tence de Lypfigene de Soffocles, où il eft
dit que.

La vaine oyfiueté rien de bon ne produit.
Et l'homme feneant des Dieux n'eft pas benit.

On dit des Philofophes Brachmanes,
qu'ils chaffoient de leur repas les ieunes
enfans, & les priuoyent du difné, s'ils n'a-
uoient au prealable fait quelque feruice
à leurs peres & meres, ou employé le têps
à chofes neceffaires d'ailleurs. Les antiens

moynes ne prenoient leurs repas, qu'ils
n'eussent rendu compte de leur tasche au
Pere, c'estoit vne coustume entre les Par-
the de ne souffrir que les enfans mãgeas-
sens au matin, que premierement à force
de courir & de tirer à l'Arc à qui mieux mi
eux, qu'ils ne fussēt retournéz eschauffés
& suans à la maison : cela mesme esmeut
Platon à faire vne loy contre loisiueté : &
à ce propos il allegue la sentēce du Poëte
Hesiode, lequel dit que.

Les Dieux ont enfermé en lieu haut la vertu,
Où l'on ne peut monter que par chemin battu
De sueur & trauaux, long & roide au possible
Mais le haut est aisé plaisant & accessible.

Faisons vn amas & supplement nou-
ueau des sentences & des exemples contre les feneans, & lapidons loisiueté. Salo-
mõ cõmande au paresseux d'aller vers le
fourmy, d'en considerer les voyes, & ap-
prendre d'elle à estre sage. Dont il rend
bonne raison, puis tãtce rudement les feneans, decourāt leurs cõtenences, & ad-
iouste, ta pauureté viēdra cõme vn passāt
& ta disette comme vn soldat. 2. qui la-
bourre la terre, sera rassafié de pain, mais
qui suit les feneans est insensé. La main
des diligēs dominera. 3. l'ame du paresseux

ne fait que souhaitter, & il n'aura rien:
mais l'ame des diligens sera engreslée, il y
à beaucoup à manger aux noüalles des
pauures: mais il y a tel quise consume par
faute de regle. 4. où il n'y a point de bœuf
la grange est vuide: mais l'abondance, dū
reuenu prouiēdra de la force du bœuf. En
tout trauail il y quelque proffit, mais lē
babil des leures ne reuient qu'à disette. 5.
La voye du parresseux est comme vne saye
de ronces: mais le chemin de droituriers
est releué, 6. Celuy qui se porte lachemēt
en sa besongne est frere du maistre qui dis
sipe le sien, 7. Paresse fait venir le sōmeil,
& l'ame tromperesse aura fain. Le paresseux cache sa main au sein, & mesme il
ne daigne la remuer à sa bouche, 8. Le paresseux ne laboure point àcause du mau-
uais temps, mais il questera en la moisson
& n'aura rien, n'ayme point le sommeil
depeur que tu ne demenne pauure, ouure
tes yeux & tu auras ton saoul de pain. 9.
Le souhait du paresseux le tuë, car ses
mains ont refusé de besongner. Il y à tel
qui tout le iour ne fait que souhaiter, mais
le Iuste donne & n'espargne rien. 10. Le
paresseux dit, le Lion est la dehors: ie se-
rez tué parmy les ruës. 11. Le long dormir

fait vétir des robes defchirées. 12. I'ay paffé
au pres le champ de l'homme pareffeux,
& aupres de la vigne de l'hôme defpour-
ueu de fens, voila tout y eftoit monté en
chardons, & les orties auoient couuert le
deffus, & leur cloifon de pierre eftoit dé-
molie. Ayant veu cela, ie, le mis en mon
cœur: ie le regarday, i'en receu inftructiõ
vn petit de fommeil, vn petit emploiemẽt
de bras pour dormir, & ta pauurette vïẽ-
dra comme vn paffant, & ta difette cõme
vn foldat. Ce font repetitions neceffaires,
prifes du 6. chap. cõme auffi eft celle-cy,
le pareffeux dit, le grand Lyon en la voye,
le lion eft parmy les ruës: comme vne
porte tourne fur fes gonds, ainfi fait le p -
reffeux fur fon lit. Le pareffeux cache la
main au fein & luy eft peine de la ram -
ner à la bouche, le pareffeux s'eftime ê re
plus fage que ceux qui baillent fage fen-
tence. 13. Celuy qui laboure fa terr fera
raffafié de pain: mais qui fuit les fe eans
aura fon faoul de pauuretté.

Loyer eft promis aux ouuriers & bons
trauaillans, qui feme moiffonne de mef-
me. Noftre Saueur parle diuerfement
de la recolle Mathieu trefiefme &
promet mefure entaffee & comble aux li-

beraux Luc 6 . 38. Et que promet le don-
neur? vie eternelle: dequoy menace-il les
feneans & vauneans? de la fournaise du
feu qui ne s'esteint iamais Es vocations
Ecclesiastiques, Politiques, Domestiques
Scholastiques mequaniq; se sôt trouuez
de tout temps infinies personnes, qui par
honnestes & par les exemples de trauail
fondé en la reuerence de Dieu, ont con-
damné loisiueté. Nostre Sauueur mesme
a esté Charpentier: S. Paul faiseur de Pa-
uillons & tabernacles, quelques autres A-
postres pescheurs de poisson, S. Paul dit
aux antiens de l'Eglise d'Ephese vous sça-
ués que ie n'ay côuoitté l'or ny l'argent
d'aucun, mais que ses mainscy (monstrãt
les siênes) ont fourny à moy, & ceux qui
maccompagnoient nôt necessitez, les antiens Chrestiês, voire les plus doctes, ont
fait gloire de gaigner leur vie au trauail
de leurs mains.

F I N.